W0335670

Gerrit Wustmann
ISTANBUL BOOTLEG

Gerrit Wustmann

ISTANBUL BOOTLEG

gedichte / şiirler

Ins Türkische übertragen von Miray Atlı
Mit einem Vorwort von Doğan Akhanlı

binooki

Dieses Buch erscheint mit freundlicher Unterstützung
der Kunststiftung NRW

KUNST
STIFTUNG
NRW

Die Arbeit an diesem Buch wurde gefördert mit einem Stipendium
des Kulturamtes der Stadt Köln

© 2013 binooki OHG, Berlin
www.binooki.com
Alle Rechte vorbehalten

1. Auflage 2013

Audio-CD:
Gelesen von Gerrit Wustmann und Oya Erdoğan
An der Oud Andrea Mozzato
Aufgenomen und produziert von speak low, Berlin

Satz: Erhard Waldner
Umschlaggestaltung: Josephine Rank

Printed in Germany
ISBN 978-3-943562-25-5

Und wie die Hymne glich auch Istanbul einer Collage,
deren Schnittlinien im Unendlichen verlaufen.
Jörg Fauser, »Rohstoff«

Die Stadt, ein Dichter und eine dunkle Schönheit

von Doğan Akhanlı

Es war *eine grüne Einsamkeit,* in die ich fiel.

Ich wurde an dem Flughafen verhaftet, der den Namen unserer ersten Pilotin, Sabiha Gökçen, trägt. Nachdem ich 20 Jahre lang fort gewesen war. In den ersten Stunden des Ramadans. Noch vor Sonnenaufgang. Bevor das Fasten anfing und die Straßenlampen abgestellt wurden. Bevor der Gebetsruf vom *Minarett des Uhrenstellinstituts* zu hören war.

In der Stadt.

Istanbul wird von den Griechen als »die Stadt« bezeichnet; das wusste ich nicht.

Das habe ich erst in Köln gelernt.

Von einer wunderschönen Griechin.

In Istanbul verhaftet werden, das ist nicht bildlich gesprochen. Mit den Gedichten, dem Dichter, mit mir hat das nichts zu tun. Es ist pure Realität. Das Problem war, dass die, die mich verhafteten, keine Ahnung davon hatten, was diese Stadt für mich und meine Jugend bedeutete.

Sie sind unschuldig.

Es gibt keinen Grund, sich zu beschweren.

Kreuzigen wird auch nicht nötig sein.

Wahrscheinlich.

Mit noch nicht einmal achtzehn Jahren war ich in dieser Stadt schon einmal verhaftet worden.

Vor 35 Jahren.

Eine grundlose Gefangenschaft ist nicht leicht.

Wenn du nicht aus der Moschee herausgeholt wurdest.

Wenn du jung bist.

Die Nacht verbrachte ich in einem Verhörzimmer im Sabiha-Gökçen-Flughafen.

Ich würde gesucht.

Das ist keine Überraschung. Ich werde gesucht, seit ich jung war.

Was ist diesmal der Grund?

Unbekannt.

Die Sonne ging auf.

Der Grund, aus dem ich verhaftet wurde, blieb unbekannt.

In den frühen Morgenstunden machten wir uns dann mit einer Gruppe Zivilpolizisten auf den Weg auf die europäische Seite. Mit dem Minibus. Es waren Leute, die wissen, wie man tötet. Wahrscheinlich. Sie sehen aus wie Zivilisten, aber in Wahrheit tragen sie Waffen. Allesamt Profis, wenn es darum geht, ihre Pistolen unter Hemden zu verbergen. Keine Spur von der Kälte, die in Gerrits Gedicht *hacı* beschrieben ist. Es ist August. Es ist heiß.

In den Straßen, die wir durchquerten, lag Einsamkeit.

Von den umstehenden Bürogebäuden, den Wohnungen, dem wenigen Grün, das sich zwischen den Wohnvierteln zu behaupten versuchte, den immer langsamer fahrenden Autokonvois, der immer größer werdenden Menschenmenge und den von jedem hohen Gebäude wehenden riesigen türkischen Flaggen kam die *Einsamkeit* direkt auf mich zu.

Das Rauchen im Auto wurde mir erlaubt.

Wir näherten uns dem Bosporus.

Der Kommissar, der auf dem Beifahrersitz saß und mich stark an einen alten, sehr mutigen Freund aus Istanbul erinnerte, sagte dem Fahrer, als wir uns der Brücke näherten, die den Namen des Sultans trägt, der diese Stadt einst besetzte: »Fahr langsamer, Herr Akhanlı soll die Schönheit unseres Bosporus sehen.« Ich blickte ins blaubraune Tal, Richtung Schwarzes Meer. Ich trug eine solche Traurigkeit in mir, dass der wunderschöne Bosporus für mich aussah wie eine Frau, die so hässlich war, dass man ihr nicht einmal ins Gesicht blicken konnte.

Hätte ich zu diesem Zeitpunkt Gerrits Gedicht gelesen, hätte ich diesem Anblick den Namen *grüne Einsamkeit* gegeben.

Es war August.
Es war heiß.
Und die grüne Einsamkeit des Bosporus ließ nicht nur meine Haut, sondern auch mein Herz frieren.

Vor ein paar Jahren war ich in Berlin. Alle Bücher Orhan Pamuks habe ich Zeile um Zeile verschlungen. Ich war dabei, im Ozean der Trauer und der Sehnsucht zu ertrinken. Ich ging in Fatih Akıns Film »Crossing the Bridge«. In dem Film gibt es eine Szene, in der Aynur Doğan in einem Hamam »Ahmedo« ihre Stimme leiht. Ich merkte, was für eine Stadt ich verloren hatte und wie groß das Heimweh in mir wuchs, als Aynur Doğan auf Kurdisch das Wort »sevgilim« (meine Liebe) sang. Während ich noch mit meinen Gefühlen kämpfte, trat Selim Sesler auf die Bühne und spielte mit seiner Klarinette eine solche Liebesgeschichte, dass mir bis ins Knochenmark bewusst wurde, dass ich nicht länger von meinem Istanbul fernbleiben konnte.

Ich verließ das Kino und lief. Nicht nur meine Kleidung, auch meine Augen waren durchnässt. In der Dämmerung erschien ein Schatten vor mir. Er flüsterte mir zu, die Traurigkeit zerstreuend, dass es an der Zeit wäre, zurückzukehren.

Gefängnisse sind zum Wiederkehren da. Ich befinde mich auf dem Weg in eine hoffnungsvolle aber ungewisse Zukunft zwischen den Wänden, die vor einem Vierteljahrhundert für zweieinhalb Jahre meine Erinnerungen prägten. Meine Erinnerungen an die Wände, die Sehschlitze, den Vorhof, die vielen eisernen Gitterstäbe, die Korridore, die

Einzelzellen des Metris-Gefängnisses. Den Häftlingsblock, in den ich in dieser Nacht gebracht wurde, nannten sie immer noch »Sibirien«.

Der islamische Name des Monats, in dem ich verhaftet wurde, ist Ramadan.

Der Herbst soll ein lauwarmer Monat sein. Das stimmt nicht. Ich war immer noch eingesperrt, als die Kraniche Richtung Süden zogen. Opfer-*Bayram* kam, und die Stadt wurde blutig. Und ich war immer noch in Haft. Der erste Schnee des Jahres fiel in den Bergen meines Geburtsdorfes. Ich wartete immer noch. In der Zelle.

Das, was ich sah, wenn ich in den Spiegel blickte, bestand aus einem Buchstaben: K.

Ich dachte immer, dass Metaphern nur in Gedichten existieren. Das stimmt nicht.

Ich bekam die Anklageschrift. Ich erfuhr, dass ich zu Dogan K. geworden war. Der Herr Staatsanwalt war ein gebildeter Mann, der sehr wohl wusste, wer Kafka war. Er kennt auch das *K* aus *Kar*, das Gerrit inspirierte.

Mein Ende wird nicht wie das Joseph K.s sein, der seinen eigenen Namen auf einem Grabstein lesen konnte. Hoffentlich.

Mein Ende wird nicht dem K.s ähneln, der seinen Mantel in Frankfurt durchlöchern ließ. Hoffentlich.

Ein Glück, dass ich Kölner bin. Aber blöderweise bin ich in einem Nachbarort von *Kars* geboren.

Gott segne unser Ende. Wenn meine Mutter noch leben würde, würden ihre Gebete vielleicht helfen. Mein Vater war Laizist, der Gott niemals mit irdischen Problemen in Verbindung gebracht hätte. Er wartet auf mich in einem Dorf in der Nähe von K. Geduldig.

Ich beschwichtige mich mit der Gewissheit, dass bald bekannt werden würde, dass ich ein Romanheld bin. Eine Uhr habe ich nicht. Die brauche ich nicht. Ich bemerke, dass die Tage immer kürzer, die Nächte immer länger werden. In diesen immer länger werdenden Nächten fliehe ich in Gedichte, Geschichten und Romane.

Wenn nur nicht die Insekten wären, die mit dem anhaltenden Regen kommen.

Hätte ich zu diesem Zeitpunkt Gerrits Istanbul-Gedichte gelesen, wären der Boden meiner Zelle, die Wände und mein Bett nicht voller Insekten die vom Himmel regnen, sondern voller Rosen bedeckt gewesen.

Zwölf Tage vor meiner Freilassung blieb das Herz meines Vaters stehen. Zwölf Tage lang schäumte ich vor Wut. Nicht nur mein Geburtsland, auch die Sprache dieses Landes habe ich erbrochen.

Auf meine Muttersprache.

Die Sprache meiner Kunst.

Die Sprache meines Lebens.

Weder lieben noch weinen konnte ich in der Sprache meiner Liebe.

Ich irrte durch die Straßen, um wieder zu lernen, in meiner Muttersprache zu lieben und zu weinen. Gerrit war noch nicht geboren, da kam mir diese Stadt wie eine Frau, wie eine dunkle Schönheit vor, die ewig unerreichbar bleibt und einem den Kopf verdreht. So, dass man ihr nicht ins Gesicht blicken konnte.

Tarlabaşı war ein Ort, an den man keinen Fuß setzen konnte.

Die Geschichte des *Kız Kulesi* war eine Lüge.

Ich hatte keine Befugnis, um im *Kapalıçarşı* vorbeizuschauen.

Gerrit hatte die Stadt schon verlassen, als ich sie besuchte, um Istanbul wiederzufinden.

In der Nähe von *Tophane* bin ich der Dichterin *Bejan Matur* begegnet, die ein Istanbuler Gesicht hat.

Am *Museum der Unschuld* hat mich nicht das schöne Kleid von Füsün beeindruckt, sondern die Geschichte, die von der rostigen Quittenraspel erzählte.

Ich lief.

Ich überquerte die *Galata*-Brücke, über die Gerrits Gefährte von der Insel *Burgaz, Sait Faik,* sagt: *»Auf dieser Brücke verliebt man sich nicht, man schaut«*, und ruhte mich im *Gülhane*-Park aus. Eine Stimme in mir flüsterte, dass ich beim *Sahaflar* vorbeigehen soll.

Da schlenderte ich eine Weile an alten Gedichtbänden vorbei.

Dann fragte ich den Verkäufer, wo ich Gedichte finden kann, die noch nicht geschrieben worden sind.

Er sagte es mir.

Um meine Stadt zu finden, musste ich die Arme öffnen, für ein noch unberührtes Regal, voll mit noch ungeschriebenen Gedichten, und meine Finger bereithalten für ein Magie verbreitendes, noch unbeschriebenes Heft. Ein magisches Heft, dessen Seiten sich von selbst füllten, wenn man sie durchblätterte. Bild um Bild. Wort um Wort. Zeile um Zeile.

Ich klappte das Heft zu. Ich las die Zeilen auf dem Deckblatt: *Gerrit Wustmann / Istanbul Bootleg.*

Als ich meinen Blick von dem Heft nahm, lief ich einer Frau mit schwarzen Haaren, mit schwarzen Augen, die sich mir näherte, lächelnd entgegen.

Eine dunkle Schönheit. Meine Frau. Mein Istanbul.

Şehir, Şair ve Esmer Güzeli

Doğan Akhanlı

Yeşil bir yalnızlıktı içine düştüğüm.

İlk kadın pilotumuzun adını taşayan havalimanında tutuklanmıştım. Yirmi yıl ayrılıktan sonra. Ramazanın ilk saatlerinde. Şafak sökmeden. Oruç başlamadan. Gece fenerlerinin ışığı sönmeden. *Saatleri ayarlama enstitüsünün minaresinden* ezan sesi yükselmeden önce. Şehirde.

Istanbul'u şehir diye adlandırırlarmış Yunanlılar, bilmiyordum.

Köln'de öğrendim.

Güzeller güzeli bir Yunanlıdan.

İstanbul'da tutuklanmak mecazi bir keşif değil. Şiirle, şairle ve benimle bir alakası yok. Düpedüz, yalın, yalansız bir gerçek. Bütün mesele, beni tutuklayanların bu şehrin gençliğim demek olduğundan habersiz olmaları.

Masumlar.

Şikâyate hacet yok.

Çarmıha da gerecek değiller!

Muhtemelen.

Onsekizime ayak basarken de tutuklanmıştım bu şehirde.

Otuzbeş yıl önce.

Nedensiz tutsaklık kolay değil.

Camiden getirilmemişsen.

Gençsen.

Geceyi, Sabiha Gökçen havaalanında, nezaretinde geçirdim.

Aranıyormuşum.

Gençliğimden beri aranırım, süpriz değil.

Aktüel gerekçe ne?

Meçhul.

Gün ağardı.
Tutsaklığımın nedeni meçhul kaldı.

Sabahın erken saatlerinden sivil polislerden oluşan bir ekiple avrupa yakasına doğru yola çıktık. Minibüsle. Ekiptekiler öldürmeyi bilen insanlar. Muhtemelen. Görünürde sivil, aslen silahlı olmalılar. Tabancalarını gömleklerinin altında saklama konusuda ustalar. Havada Gerrit'in *hacı* şiirindeki soğuklardan eser yok. Ağustos. Sıcak. Geçtiğimiz yollar »yalnızlık« tütüyor, çevredeki iş merkezlerinden, konutlardan, konutlar arasına sıkışmış küçücük yeşilliklerden, giderek sıklaşan, giderek yavaşlayan araba konvoylarından, giderek artan kalabalıklardan, her tepede salınan devasa türk bayraklarından »yalnızlık« üstüme üstüme geliyordu.

Arabada sigara içmeme izin vardı.

Boğaza girmek üzereydik.

Şöför mahlesinde oturan ve bana çok yiğit bir İstanbullu arkadaşımı hatırlatan komiser, bu şehri işgal eden sultanın adını taşıyan köprüyü geçerken, »yavaşla« dedi şoföre, »Doğan bey boğazımızın güzelliklerini seyretsin.«

Karadeniz'e doğru uzanan çakır vadiye baktım. Öyle bir hüzün çökmüştüki içime, Boğaz'ın muhteşem manzarası, yeryüzünün en çirkin, yüzüne bakılmaz kadını gibi göründü yüzüme.

O zamanlar Gerrit'in şiirini okumuş olsaydım, manzaraya *»yeşil yalnızlık«* adını verirdim.

Ağustostu.
Sıcaktı.
Ve boğazın yeşil yalnızlığı sadece derimi değil, yüreğimi de üşütüyordu.

Berlin'deydim bir kaç yıl önce. Orhan Pamuk'un bütün kitaplarını satır satır hatmetmiştim.

Bir özlem, bir hüzün deryasında boğulmak üzereydim. Fatih Akın'ın »*Crossing the Bridge*« filmine gittim. Filmde bir sahne vardır, Aynur Doğan'ın 'Ahmedo'yu hamamda seslendirdiği sahne. Aynur Doğan, 'sevgilim' dedikçe Kürtçe, içimde büyüyen sıla hasreti, nasıl bir kenti keybettiğim duygusunu çekilmez hale getiriyor, ben duygularımla boğuşurken, *Selim Sesler* sahne alıyor ve klarnetiyle roman bir aşk hikayesi döktürüyordu ki, daha fazla İstanbulumdan uzak kalamayayacağımı iliklerime kadar titreyerek hissediyordum.

Sinema salonundan çıkıp yürüdüm. Sadece giysilerim değil, gözlerim de ıpıslaktı. Gün batımında bir gölge belirdi önümde. Bana şehre dönme vaktinin geldiğini fısıldayan. Hüzün saçan.

Hapisaneler dönülmek içinmiş. 25 yıl önce 2,5 yılımın hatıraları duvalarında, maltasında, mazgalında, hernevi demir parmaklıklarında, koridorlarında, hücrelerinde kayıtlı Metris cezaevine, halen adı Sibirya olan son bloğa götürüldüğüm gece, ümitli ama belirsiz bir geleceğe adım attığım duygusu içindeyim. Tutuklandığım ayın müslüman adı Ramazandı.

Sonbahar rüzgarları ılık olurmuş. Doğru değil.
Turnalar güneye göç etmeye başladıklarında ben halen içerdeydim.
Kurban Bayramı geldi, şehir kana bulandı. Ben halen içerdeydim.
Yılın ilk karı doğduğum köyün dağlarına düştü. Ben halen beklemedeyim.
Hücrede.
Aynaya baktığımda gördüğüm şey bir harften ibaret: K.
Ben metafanın sadece şiirlerde varolduğunu sanırdım. Doğru değil.

İddianme geçti elime. Doğan K. olduğumu öğrendim. Savcı Bey okumuş adam! Kafka'dan haberdar. Gerrit'e ilham veren, *Kar*'ın *K*'sını da biliyor.

Sonum kendi mezar taşında kendi kadını okuyan Josef K.'ya benzemez. İnşallah.

Sonum paltosunu Frankfurt'ta deldiren K'yı andırmaz. İnşallah.

Köln'lü olmam bir şans da, Kars'a komşu bir yerde doğmuşum.

Allah sonumuzu hayır etsin! Annem yaşasa duası belki işe yarardı. Babam laik, dünya işlerine Allahı karıştırmaz. Beni bekliyor, K'nın şehrine yakın bir köyde. Sabırla.

Roman kahramanı olmam yakında ortaya çıkar nasılsa, diye kendimi avutuyorum. Saatim yok. Lazım değil. Gündüzlerin sürekli kısaldığını, gecelerin sürekli uzadığının farkındayım. Uzayan gecelere şiir, hikâye ve romanların içine kaçarak direnmeye çalışıyorum.

Bir de şu yağmurla beraber gelen böcekler olmasa.

Gerrit'in İstanbul şiirlerinden o zaman haberdar olsaydım, hücremin zemini, duvarları ve yatağı, böceklerle kanaşıyor olmaz, gökten haşereler değil, gül yağardı.

Babamın yüreği, yeniden özgürlüğüme on iki gün kala durdu. On iki gün boyunca öfke soludum. Sadece doğduğum ülkeyi değil, dilini de kustum.

Ana dilimde.

Sanat dilimde.

Hayat dilimde.

Aşk dilimde, sevemez, ağlayamaz hale düştüm.

Ana dilimde ağlamayı ve sevmeyi öğrenmek için şehrin yollarına vurdum kendimi. Gerrit daha doğmamışken, bu şehir ulaşılması asla mümkün olmayan baştan çıkarıcı esmer güzeli bir kadın gibi gelirdi bana. Şimdi yüzüne bakılacak gibi değildi.

Tarlabaşı, ayak atılacak yer değildi.

Kız Kulesi'sin hikâyesi yalandı.

Kapalıçarşı'ya uğramam için gerekçem yoktu.

İstanbul'u aramak için yeniden kente döndüğümde, Gerrit şehirden ayrılmıştı.

Tophane yakınlarında, Istanbul yüzlü şair *Bejan Matur*'la karşılaştım.

Masumiyet Müzesi'inde, Füsün'un elbisesinin güzelliğinden değil, paslanmaya yüz tutmuş ayva rendesisin anlattığı hikayeden etkilendim.

Yürüdüm.

Gerrit'in Burgazadalı yoldaşı Sait Faik'in, »köprü üzerinde aşık olunmaz, bakılır» dediği Galata köprüsünü geçtim, Gülhane'de soluklandım. İçimden bir ses Sahaflar'a uğramamı fısıldadı bana.

Orada eski şiir kitapları arasında dolaştım bir süre.

Sonra satıcıya, daha henüz, daha yazılmamış şiirleri nerede bulacağımı sordum.

Söyledi.

El dokunulmamış rafta, şehrimi bulmam için, şehrime dair daha yazılmamış şiirlerle dolu el dokunmamış sihir saçan deftere uzandı ellerim. Sayfaları çevrildikçe sayfaları kendi kendine dolan dolan sihirli bir defter. İmge imge. Kelime kelime. Satır satır.

Defteri kapadım. Kapağında beliren yazıyı okudum. *Gerrit Wustmann /Istanbul Bootleg.*

Başımı defterden kaldırdığımda, bana doğru yaklaşan saçı siyah, gözü siyah bir kadına doğru gülümseyerek yürüdüm.

Esmer Güzeli. Kadın'ım. İstanbul'um.

demotapes / track o1 - 12

01 / hacı

fünfmal täglich schallt
grüne einsamkeit durch die straßen
hallt der gebetsruf der simitçi trifft
auf stumme katzenpfoten
auf alte schleifwerkzeuge
und die kälte
die kälte unter der haut
die kälte einer grünen tür

o1/ hacı

günde beş kere çınlar
yeşil yalnızlık caddelerde
yankılanır namaza çağrı simitçi
sessiz kedi pençeleriyle buluşur
ve eski bileği aletleriyle
ve soğuk
derinin altındaki soğuk
yeşil bir kapı soğuk

o2 / yağmur

das stete rauschen des regens
in beyoğlu der nasse glanz
auf leeren straßen und katzen
die wie du in hauseingängen
sitzen im widerschein der lichter
in den fenstern in den augen
der nacht der nachtgesänge
der stadt in deiner stimme
yağmur in deinen augen

o2 / yağmur

o sürekli çağıldaması yağmurun
beyoğlundaki ıslak parlaklık
boş sokaklarda ve kediler
senin gibi kapı girişlerinde oturur
yansımasında ışıkların
pencerelerde gözlerinde
gecenin geceşarkılarında
sesinde şehir
gözlerinde yağmur

o3 / tatar beyi

winken weißer hände wo
nichts ist und niemals etwas war
durch die begrünte schlucht in der
man sich nie mehr begegnen wird

durch das loch
im küchenfußboden
blinzelt der himmel

der bauzaun wird abgebrochen
oberflächenfotografie der fassade
der schutt ist abgetragen die leere
zugestellt mit glasfassaden jetzt
geht der blick durch hölzerne gitter
trifft sich im kleinsten gemeinsamen grün

o3 / tatar beyi

beyaz ellerin sallanması o
hiçbir şey olmayan ve hiçbir zaman olmadığı yerde
yeşillenen vadide
insan hiçbir zaman buluşamayacak

göz kırpar gökyüzü
mutfak tabanındaki
delikten

inşaat duvarı yıkılıyor
yüzcephenin fotoğrafı
molozlar götürülmüş boşluk
cam cephelerle kaplanmış
şimdi bakış tahta parmaklıklardan geçer
buluşur en küçük ortak yeşillikte

o4 / sokak

am ende der gasse ist es
immer nacht und immer noch
der treffpunkt der stimmen
unter der haut der webstuhl
des ganz neuen unter
der straßenlaterne die immer leuchtet
wenn der strom ausfällt man wartet
auf regen und den ruf vom minarett
des uhrenstellinstituts

o4 / sokak

dar sokağın sonunda
hep gecedir ve hala
seslerin buluştuğu yerdir
cildin altında dokuma tezgahı
en yeninin
sokak lambasının altında
hani elektrik kesildiğinde ışıldayan
beklenir yağmur
ve minareden gelen namaza çağrı
saatleri ayarlama enstitüsünden

o5 / sahaflar çarşısı

das labyrinth aus büchern in beyazıt
vergeht die zeit anders ist die sonne
älter als die tage auf dem bazar suchen wir
nach antworten von alten bärtigen männern
doch der kahve schweigt die seiten
sind andere ihre sprache verhüllt ihre worte
ein wortloser gesang geniş zaman

o5 / sahaflar çarşısı

kitaplardan bir labirent beyazıtta
zaman farklı geçer, güneş
pazarda geçen günlerden daha eskidir
cevap arıyoruz ihtiyar sakallı adamlardan
fakat kahve susar, telleri başkadır, lisanı
kelimelerin üstünü örter
bestesiz şarkı geniş zaman

o6 / keyif

irgendwo in tarlabaşı
an eine wand gesprüht rot
natürlich rot:
1453
ungerührt: alte männer mit tee
und zigaretten und keyif
unter den wachsamen blicken
junger katzen

o6 / keyif

tarlabaşında bir yerde
bir duvara püskürtülmüş, kırmızı
tabii ki kırmızı:
1453
karıştırılmamış: ihtiyarlar çayla
ve sigarayla ve keyif
dikkatli gözlemeleri altında
genç kedilerin

o7 / masumiyet müzesi

mein name färbt sich
rot auf blinden fensterblicken
jahrestage ins vergessen führt
die treppe ins nichts gefallen
wir uns in den gestrigen spiegeln
rostgoldener çay im aschenbecher
erzählt die asche geschichten
von unschuld und handschriften
hinter glas und wartet
bis füsün erwacht

o7 / masumiyet müzesi

adım kırmızıya boyanır
kör pencereye bakışlarda
yılın günleri unutmaya
merdiven bir hiçe götürür beğeniriz
biz bizi dünkü aynalarda
paslı altın rengindeki çay kültabağında
anlatır külün hikâyesini
masumiyetten ve el yazısından
camın arkasında ve bekler
füsun uyanana kadar

08 / sis

im nebel verschwindet die stadt
schläft im regen unter der brücke
ragen die türme aus dem nichts

vor haydarpaşa tauchen geister
möwen auf und ziehen kreise
um kadıköy und das knirschen
am anleger das knirschen einer
leisen berührung die delphine

tauchen heute
nicht auf

08 / sis

sis içinde kaybolur şehir
yağmurda uyur köprü altında
kuleler yükselir bir hiç içinden

haydarpaşa önünde hayalet martıları peydahlanır
ve çizerler dairelerini
kadıköy çevresinde ve
gıcırdaması iskelenin hafif bir
dokunuşun gıcırdaması yunuslar

bugün suyüzüne
çıkmıyorlar

o9 / ornamentler (II)

die ornamente
im staubigen boden
lösen sich auf die gegenwart
vergeht auf nassen wänden
zeichnen sich muster ab
die schrift an der wand
wölbt sich zur nacht die schrift
ein bröckelndes gold
ein brackendes wasser und
flüsternde algen *die ornamente*
in den händen der betenden
zur morgenröte bricht der klang
wo das licht sich trifft
an diesem einen punkt aus
tausend fenstern unter der kuppel
die ornamente auf marmor
und staub

o9 / ornamentler (II)

ornamentler
tozlu toprakta
kaybolurlar şimdiki zaman
kaybolur ıslak duvarlar üstünde
şekiller meydana çıkar
duvardaki yazı
geceye doğru eğilir yazı
ufalanmış altın
bulanık bir su ve
fısıldayan yosunlar *ornamentler*
dua edenlerin ellerinde
şafak kızıllığında ses kırılır
ışığın vurduğu bu tek noktada
kubbenin altında bin pencereden
ornamentler mermerde tozda

1o / zaman

vom möwenturm ans goldene
ufer wachsen lichtflecken aus flüsternden steinen
sie flüstern vom dichter
milli hain milli hain
vom flug nach asien und dem blattgold
auf postkarten: was die verblichenen gesichter
erzählen was die zigeuner verkaufen am stacheldraht
an der kirche am zeitgewächs
an zeilen

1o / zaman

martı kulesinden altın
sahile kadar büyür ışık lekeleri fısıldayan taşlardan
şair hakkında fısıldarlar
                                        milli hain milli hain
asyaya uçuştan ve kartpostallardaki
yaprakaltından: solgun yüzler ne
anlatır çingeneler ne satar dikenli telde
kilisede zaman bitkisinde
satırlarda

11 / kız kulesi

das wasser bindet den staub
die *städte aus frauen* unter
blicken verhüllt eine uferlose
schnittmenge von flüssen
und meer die möwen falten
katzenhaare klare formen und
formeln auf flugblättern
der applaus bleibt ein rauschen
die teppiche schweigen

11 / kız kulesi

su tozu bağlar
o *kadından kentler*
gözlerden örtünmüş kıyısız
kesişmesi nehirlerin
ve denizin martılar katlar kedi tüylerini
kesin hatlar ve formüller
afişlerde
alkış bir hışırtı olarak kalır
halılar susar

12 / kapalıçarşı

der preis des freitags
gebets in der farbe von tee
der ausverkauf gottes
in einer handvoll pistazien
die bettler feilschen
um einen weiteren tag
während wir nach den toiletten
fragen und uns fragen
wo das leder billig ist

12 / kapalıçarşı

cuma namazının
bedeli çaydaki renkte
tanrının satılması
bir el dolusu şam fıstığına
dilenciler pazarlık eder
bir gün dahası için
biz de tuvaletler nerde
diye sorarken ve kendimize sorarken
ucuz deri nerede bulunur diye

b-sides / track 13 - 16

inseln

adalar

13 / kınalıada

die kleinste taucht
aus dem möwennebel
die sendemasten
zerschneiden den himmel
ihre bewohner flüchten
in den abgrund
des sommers
das innere des hügels
blinzelt am hang
auf der da am horizont
sitzt a. ö. sagst du
und blickst um dich
nervös
als sei deine stimme
ein flugblatt

13 / kınalıada

en küçükleri çıkar
martıların sisinden
antenler
gökyüzünü keser
oranın sakinleri kaçar
uçuruma
yaz mevsiminin
tepenin içi
göz kırpar yar kenarında
ordakinde, ufuktakinde
oturur a. ö. diyorsun
ve etrafına göz gezdiriyorsun
sinirli
sanki tedirgin sesin bir
el ilanıymış gibi

14 / burgazada

vorm haus des dichters schlafen
hunde und gedichte
sind festgbunden am strand
ein improvisiertes denkmal
ein unbekannter soldat mit rosa kamm
und geschliffenes glas im sand
wenn abi zucker verkauft und yachten
das licht brechen was ist das
für ein vogel um den sich
die möwen scharen was ist das
für ein ort
den das gewitter
meidet

14 / burgazada

şairin evi önünde köpekler uyur
ve şiirler
bağlıdır deniz kenarında
derme çatma bir anıt
bir meçhul asker pembe taraklı
ve kumda cilalanmış cam kırıkları
eğer abi şeker satarsa ve yatlar
ışığı kırarsa bu nasıl bir kuştur ki
çevresinde martılar toplanır
bu nasıl
bir yerdir ki
gökgürültüsünün bile
yanaşmadığı

15 / heybeliada

wirf die kalebasse
ins dunkle meer
wer sie findet
findet uns
ein fairer tausch
am straßenrand
man warnte uns
halki wird bewacht
was marx
von der hauswand predigt
was die hufe
der pferde erzählen
bleibt unter uns

15 / heybeliada

at su kabağını suya
karanlık denize
onu bulan
bizi bulur
adil bir değiş tokuş
yol kenarında
bizi uyarmışlardı
halki gözaltındaydı
marx
duvar üstlerinden konuştukları
atların nal seslerinin
bize anlattıkları
aramızda kalır

16 / büyükada

am ende kommen touristen
und inseldichter die verzweiflung
des kuaförs die hunde schlafen
die villen sind leer leih dir
ein fahrrad aus umrunde
die insel dreimal
es ist noch zeit
noch zeit
noch

16 / büyükada

sonunda turistler gelir
ve ada şairleri umutsuzluğu
kuaförün köpekler uyur
villalar boş kirala
bir bisiklet ve çevrele
adayı üç kere
daha vakit var
daha vakit
daha

remixes / track 17 - 24

17 / istanbul
(nach cahit külebi)

das verlorene lied
und das vergessen
diese stadt ist anders
was der gülhane-park
über dich weiß was deine
sonnengebleichten augen
erzählen *diese stadt*
ist anders
die straßen kennen
deinen namen deine
wortlose sprache
man vergisst, vergisst, vergisst
was deine *tabakgrünen augen*
erzählen *diese stadt*
ist anders

17 / istanbul

(cahit külebi'den esinlenilmiştir)

o kaybolan şarkı
ve unutmak
bu şehir bir başka
gülhane parkı
senin hakkında ne bilir
senin o güneşten
solgunlaşan gözlerin
ne anlatır *bu şehir*
bir başka
sokaklar bilir
senin adını
senin sessiz dilini
insan unutuyor, unutuyor, unutuyor
ne anlatır senin *tütün yeşili gözlerin*
bu şehir
bir başka

18 / kar
(nach ka)

gott versteckt sich
im schnee fürchtet
den sommer ein verschleiertes
gedicht erinnert die stadt
eine durchreise anatolische
dörfer werden verschifft
die sprache schläft
im taubennest bring
schokolade mit
versteck sie
unterm bett
versuch es noch einmal
vielleicht
sagt sie ja

18 / kar

(ka'dan esinlenililmiştir)

tanrı saklanır kar içinde
yazdan korkar
örtünmüş
bir şiir şehiri hatırlatır
bir seyahat
anadolu köyleri yüklenir gemiye
dil uyur
güvercin yuvasında
çikolata getir
sakla onu
yatağın altında
birdaha dene
belki
evet der

19 / galata
(nach jale sancak)

wieder fliegt er nach asien
wieder in die verbannung
wieder *über galata schreiben*
wieder vereint auf weißen flügeln
wieder *am fuße des turms*
wieder das tägliche theaterstück
wenn sich wieder der schwarze
vom weißen faden trennt sich wieder
in einer frau verlieren wieder
kehren im septemberwind und
wieder diese straße gegenüber
die einsame möwe çelebi

19 / galata

(jale sancak'tan esinlenilmiştir)

o yine uçar asyaya
yine sürgüne
yine *galata hakkında yazmak*
yine birleşmiş beyaz kanatların üzerinde
yine *kule dibinde*
yine hergünkü tiyatro
eğer kara iplik beyaz iplikten
ayrılırsa
yine *kendini bir kadında kaybetmek* yine
geri gelmek eylül rüzgarında ve
yine bu sokak hani karşısındaki
yalnız martı çelebinin

20 / beylerbeyi
(nach marie t. martin)

wir *übten noch den takt*
an land am ufer bricht
der tee das licht wirft uns
goldene ornamente zu
versteck dich *unter*
zwielichtdecken finde
den rücken der delphine
fang katzen im schlaf und
getigerte möwen *die dinge*
sprechen von verborgenen
tragödien *auf dem grund*
der kaffeetasse schweigen wir
schweigen wir *anders als*
die fische schweigen wir
am stahlblauen wasser

20 / beylerbeyi

(marie t. martin'den esinlenilmiştir)

biz henüz *ölçüyü bulmaya uğraşırken*
karada kıyıda
kırar çay ışığı atar bize
altın ornamentler
saklan
şüpheli yorganların altında bul
yunusların sırtını
kedileri yakala uykuda ve
kaplan renkli martıları *bir şeyler*
konuşur saklı trajedilerden
kahve fincanının dibinde
susarız biz
susarız biz *balıklardan*
farklı susarız biz
çelikmavisi suyun kenarında

21 / tophane 1966: cut-up

(nach jörg fauser)

in istanbul meist
in seitenstraßen
und unsereins hatte kredit
wir nahmen alles
tee und süßigkeiten
rohopium hitze und
kälte alter staub
lag auf den fenstern
die halluzination
die alltäglichkeit in der
beatnik-bude mit blick
auf die blaue moschee
arabesken minarette möwen
die konversation
tröpfelte

21 / tophane 1966: cut-up
(jörg fauser'den esinlenilmiştir)

istanbulda en çok
yan sokaklarda
bizim gibilerin kredisi vardı
her şeyi aldık
çayları ve şekerlemeleri
saf afyon sıcaklık ve
soğuk eski toz
kaplamış pencereleri
halüsinasyon
gündelik
sultanahmet karşısındaki
beatnik-damında
arabeskler minareler martılar
sohbetler
damlıyordu

22 / galata köprüsü

(nach orhan veli)

manch einer
der asphalt vibriert die angler
weben spinnennetze
manch einer
wird dann auch satt
ansetzen
zum sprung

22 / galata köprüsü

(orhan veli'den esinlenilmiştir)

kimi
asfalt titrer balıkçılar
örümcek ağı örer
kimi
doyar da
hazırlanmak
atlamaya

23 / vapur
(nach ali asker barut)

in der morgenröte das fährhorn
das mädchen aus üsküdar und
die wartenden möwen *ihre*
stolzen aufrechten schultern
im wind am wasser *ihr stilles*
lächeln im morgenrot

23 / vapur

(ali asker barut'tan esinlenilmiştir)

sabahın kızıllığında vapur sireni
üsküdarlı kızın ve
bekleyen martıların
gururlu dimdik omuzları
su kenarındaki rüzgarda *sessiz*
tebessümleri sabahın kızıllığında

24 / gece
(nach bejan matur)

es gibt da draußen
geschmack von sonne
und wasser es gibt
keine nacht
in der mitte des mondes
warten angler
warten
im *nachtlosen himmel*
über der stadt

24 / gece

(bejan matur'dan esinlenilmiştir)

dışarda
güneşin lezzeti var
ve suyun gece
yok
ayın ortasında
bekler balıkcılar
bekler
gecesiz gökyüzü
şehrin üstünde

bootleg / track 26 – 30

25 / kediler

eine katzengeburt
unterm küchentisch
der schwarze vater
tigert ums haus
macht den müllsammlern
den tagelohn streitig
ein hund blickt resigniert
und menschen blicken
aus fenstern
bis die mutter
keine milch mehr gibt

25 / kediler

bir kedinin doğurması
mutfak masasının altında
kara kedibabası
evin etrafında turlar atar
çöpçülerin günlük kazancına
ortak olmaya calışır
bir köpek bakar eğik boynuyla
ve insanlar bakar
pencerelerden
annenin sütü
kesilinceye kadar

26 / odessa

das tägliche feuerwerk
die alltäglichen hochzeitsfotos
auf der brücke am flughafen
trennt man sich für immer
das essen sei gut sagst du
und auch das wetter
erzählst freunden vom
café odessa

26 / odessa

günlük havai fişek patlatmaları
her günkü düğün fotoğrafları
havaalanındaki köprü üstünde
ayrılır insanlar ebediyen
yemek çok güzel diyorsun
ve hava da
dostlarına anlatırsın
café odessa'dan

27 / pera

mach mir ein tape
mit songs und gerüchen
und den geräuschen
der französischen straße
deine haare nachts
und dein katzenblick
wo bleibt die musik
jener tage wo bleibt
die melodie deiner sprache
die melodie
deines gesangs von
salzigen nüssen
und tee

27 / pera

bana bir kaset yap
şarkılardan ve kokulardan
ve gürültülerinden
fransız sokağından
gecede senin saçların
ve senin kedi bakışın
müziği nerde kaldı
o günlerin nerde kaldı
sesinin melodisi
melodisi
senin şarkının
tuzlu fındıklardan
ve çaydan

28 / boğaziçi

behäbige schiffe durchfahren
die stadt ein ewiges warten
auf wiederholung an welchem
ufer aus welcher höhe werden
privilegien verteilt die dämmerung
zeichnet eine osmanische skyline
eine göttliche stille ein schimmer
im meer und im kühlen wind
bindest du deinen schal knöpfst
die jacke zu bestellst einen tee

28 / boğaziçi

tembel gemiler geçer
içinden şehrin sonsuz bekleme
tekerrür için hangi
sahilde hangi yükseklikten
imtiyazlar dağıtılacak alacakaranlık
çizer bir osmanlı silüeti
ilahi bir sessizlik bir pırıldama
denizde ve serin rüzgarda
sarıyorsun şalını ceketini kapatıyorsun
bir çay ısmarlıyorsun

29 / haliç

jemand schießt
auf ballons trifft
dunkles wasser
lacht für zwei lira
vergisst
den moment

29 / haliç

biri ateş eder
balonları vurur
bulanık su
güler iki lira için
unutur
şu anı

3o / lale

tulpenblätter aus grashalmen
gott wächst am straßenrand
überspannt den highway
der neue anleger wurde heimlich
über nacht gebaut

zähle die minarette das lachen
den ruf und das gebet zähle
wie oft du dich verbeugst
und vor wem und lass dir
am ende tulpen schenken

hinterlasse am bordstein
kalligraphien und postkarten
nimm grüße entgegen
gemurmelte sätze aus
offenen händen

sag was du siehst
in çamlica

3o / lale

lale yaprakları çimenden
yol kenarında allah büyür
otoyolun üstünden geçer
yeni iskele gizlice
gece inşa edildi

minareleri say gülüşleri
namaza çağrıyı duayı
say kaç kere eğildiğini
ve kimin önünde ve
sonunda bırak
sana laleler verilsin

kaldırımda
kaligrafları bırak ve kartpostalları
selamları al
mırıldanmış cümleleri
açık avuçlardan

söyle sen ne görüyorsun
çamlıca'da

liner notes
für den deutschen leser

o1 / »simitçi« sind sesamkringelverkäufer; allgegenwärtig in der stadt; ihre mitunter originellen rufe, mit denen sie ihre waren anpreisen, fügen sich wie die rufe der zahllosen anderen händler und der muezzine ins alltägliche klangbild; ein »hacı« ist ein muslim, der die pilgerreise nach mekka absolviert hat

o2 / »yağmur«, türkisch für regen, zugleich ein mädchenname

o3 / die tatar beyi sokak ist eine gasse nah am galataturm im bezirk kuledibi

o4 / »das uhrenstellinstitut« ist ein schelmenroman von ahmed hamdi tanpınar (1901-1962)

o5 / der »sahaflar çarşısı« ist ein kleiner bücherbazar, der an den großen bazar angeschlossen ist; es gibt mehrere dieser zusammenschlüsse von händlern antiquarischer bücher in istanbul; in vielen findet sich auch internationale literatur; »geniş zaman«: unbestimmte zeit

o6 / 1453 eroberten die osmanen konstantinopel; das türkische wort »keyif« bedeutet wörtlich übersetzt »vergnügen«, lässt sich aber wesentlich weiter auslegen und umschreibt ein lebensgefühl

o7 / das »masumiyet müzesi« ist das »museum der unschuld«, ein reales museum, das der schriftsteller orhan pamuk basierend auf seinem gleichnamigen roman im istanbuler stadtteil cihangir einrichtete; es wurde am 28. april 2012 eröffnet; füsün ist die große unglückliche liebe des protagonisten kemal, der eben jenes museum aus alltagsgegendständen erbaut, die er mit füsün in verbindung bringt; das gedicht nimmt außerdem bezug auf pamuks roman »rot ist mein name«

08 / wer glück hat, der begegnet delphinen bei einer fährfahrt über den bosporus

09 / dieses gedicht nimmt bezug auf ein gedicht aus meinem buch »beyoğlu blues« (fixpoetry verlag, hamburg 2011)

10 / »milli hain« bzw. »vatan hain« bedeutet »vaterlandsverräter« – eine bezeichnung, die sich der dichter nazim hikmet von türkischen nationalisten zuzog; sie wird bis heute für künstler verwendet, die den staat kritisieren oder nur im verdacht stehen, dies zu tun

11 / der kız kulesi (mädchenturm, auch leanderturm) steht vor dem ufer von üsküdar (asien) im bosporus und ist ein wahrzeichen der stadt; früher war er ein aussichts- und kontrollposten, heute beherbergt er ein restaurant; »städte aus frauen« ist der titel eines buches des istanbuler schriftstellers murathan mungan

12 / der »kapalıçarşı« ist der große bazar

13 – 16 / kınalıada, burgazada, heybeliada und büyükada sind die prinzeninseln, eine kleine inselgruppe im marmarameer vor istanbul; ihr name stammt aus osmanischer zeit, als unliebsame sprösslinge des herrscherhauses dorthin verbannt wurden; heute sind die vier größten inseln bewohnt, dienen als ausflugsziel für touristen und als sommerresidenz wohlhabender istanbuler; autos gibt es nicht – man bewegt sich zu fuß, per fahrrad oder mit der pferdekutsche fort; um die stille zu wahren sind die hufe der pferde mit gummi beschlagen; auf der insel burgaz steht das haus des schriftstellers sait faik (1906-1954), heute ein museum; auf heybeli findet sich das griechisch-orthodoxe priesterseminar halki – aufgrund eines lehrverbots von 1971 wird es heute nur noch von wenigen mönchen bewohnt, die um die wiedereröffnung kämpfen; auf einer der kleineren inseln befindet sich ein gefängnis, in dem pkk-führer abdullah öcalan einsitzt

17 / cahit külebi (1917-1997) gehörte zu den erneuerern der türkischen lyrik

18 / der dichter ka ist der protagonist aus orhan pamuks roman »schnee« (türkisch »kar«); er stammt aus istanbul und spürt im anatolischen dorf kars einer reihe von selbstmorden junger frauen nach und schreibt derweil seine gedichte, von denen im roman kein einziges vorkommt, es wird lediglich beschrieben, worum es in ihnen geht

19 / jale sancak ist eine schriftstellerin aus istanbul; das gedicht orientiert sich an ihrem gleichnamigen text aus dem buch »stadt der verlorenen lieder« (frankfurt, 2011); »wenn ein schwarzer von einem weißen faden unterscheidbar ist« ist eine wendung aus dem koran und bezeichnet den augenblick des sonnenaufgangs, in dem der muezzin zum morgengebet ruft; »çelebi« ist ein osmanischer ehrentitel, hier konkret bezogen auf hezarfen ahmet çelebi (1609-1640), der 1638 als segelflieger vom galataturm startend den bosporus überquert haben und in üsküdar gelandet sein soll – sultan murad iv. verbannte ihn später nach algerien, wo er starb

20 / die kursiven textstellen stammen aus gedichten der kölner lyrikerin marie t. martin (aus ihrem buch »wisperzimmer«, leipzig 2012); marie t. martin war im jahr 2010 für einige monate in istanbul, wo ich sie besuchte; das gedicht entstand in einem ufercafé in beylerbeyi

21 / der schriftsteller jörg fauser (1944-1987) lebte mitte der sechziger jahre in istanbul und schrieb darüber in seinem roman »rohstoff«; das gedicht ist ein cut-up aus formulierungen des ersten kapitels des romans

22 / orhan veli kanık (1914-1950) gehörte zu den bedeutendsten erneuerern der türkischen lyrik; der istanbuler dichter etablierte eine klare, reim- und metaphernfreie dichtung, die sich an der alltagssprache orientierte und auch von einfachen menschen verstanden werden sollte; sein berühmtestes gedicht ist »ich höre istanbul«, eine lyrische hommage an seine heimatstadt

23 / ali asker barut (*1964) lebt in frankfurt; »vapur« ist die fähre, die die istanbuler stadtteile über bosporus und goldenes horn hinweg verbindet

24 / die dichterin bejan matur (*1968) lebt in istanbul; »gece« bedeutet »nacht«

25 / während das vorliegende buch entstand, bekam unsere istanbuler »hauskatze« nachwuchs; sie lag am abend des 1. mai 2012 hochschwanger vor der wohnungstür und ermaunzte sich einlass; drei stunden später hatte ihr dreiköpfiger nachwuchs das licht der welt erblickt; während ich gedichte schrieb, wuselte die kleine bande um meine füße, später machten sie zusammen mit ihrer mutter die gasse vorm haus unsicher

26 / das odessa café & restaurant befindet sich am fähranleger von karaköy; wenn man von kadıköy aus kommt, kann man es nicht übersehen

27 / »pera« (gr. »gegenüber«) ist der griechische name des heutigen stadtteils beyoğlu; die französische (eigentlich »algerische«) straße, cezayir sk., ist eine schmale, abschüssige gasse voller bars und restaurants, die hayriye cd. und bostanbaşı cd. miteinander verbindet; man erreicht sie, indem man vom galatasaray lisesi aus die yeniçarşı cd. hinabgeht bis zum kleinen kreisverkehr, dort dann nach links

30 / »lale« ist die tulpe, im arabischen ein anagramm zu »allah«; die tulpe stammt aus der türkei und nicht, wie oft fälschlicherweise angenommen, aus holland

dank

für inspiration, unterstützung und aus zahlreichen anderen gründen, gilt:
doğan akhanlı, ahmet atlı, miray atlı, inci bürhaniye, oya erdoğan, julietta fix, goethe institut istanbul, lütfiye güzel, christian heinrici, manzara events, marie t. martin, natalia sadovnik, defne şahin, julja schneider, semra uzun-önder, achim wagner, selma wels

dank an die istanbuler wg: stan, monika, sebastian, robert & die katzen

dank gilt außerdem dem kulturamt der stadt köln für die förderung meiner arbeit und der kunststiftung nrw für die übersetzungsförderung

gw, köln, 29. juli 2012

teşekkür

verdikleri ilham, ettikleri yardım ve daha bir sürü sebepten dolayı; doğan akhanlı, ahmet atlı, miray atlı, inci bürhaniye, oya erdoğan, julietta fix, goethe institut istanbul, lütfiye güzel, christian heinrici, manzara events, marie t. martin, natalia sadovnik, defne şahin, julja schneider, semra uzun-önder, achim wagner, selma wels

istanbullulara teşekkür; stan, monika, sebastian, robert & kedilerden dolayi

ayrıca köln şehri kültür dairesine yapıtıma verdikleri destek için teşekkür ederim.

gw, köln, 29. temmuz 2012

Gerrit Wustmann, *1982 in Köln, hat Orientalistik, Politologie und Geschichte studiert und arbeitet seither als freier Journalist und Redakteur; »Istanbul Bootleg« ist der zweite Band seiner Istanbul-Gedichte, der erste erschien 2011 unter dem Titel »Beyoğlu Blues« (Fixpoetry Verlag, Hamburg); er ist Herausgeber der Anthologie »Hier ist Iran! Persische Lyrik im deutschsprachigen Raum« (Bremen, 2011); seine Gedichte wurden ins Türkische, Persische, Italienische und Englische übersetzt.
www.gerrit-wustmann.de

Miray Atlı, *1988 in Leer, lebt in Köln. Miray Atlı hat an der Universität zu Köln Deutsche Sprache und Literatur und Philosophie studiert. Seit 2009 arbeitet sie als freie Journalistin im Hörfunk.

Doğan Akhanlı wurde 1957 in der Türkei geboren. Nach dem Militärputsch von 1980 ging er in den Untergrund. Von 1985 bis 1987 war Doğan Akhanlı als politischer Häftling im Militärgefängnis von Istanbul inhaftiert. 1991 floh er nach Deutschland, wurde als politischer Flüchtling anerkannt und 1998 von der Türkei ausgebürgert. 2001 wurde er deutscher Staatsbürger. Seit Mitte der 1990er Jahre lebt er als Schriftsteller in Köln. Auf Deutsch ist bislang sein Roman »Die Richter des jüngsten Gerichts« erschienen, 2012 wurde sein Theaterstück »Annes Schweigen« in Berlin uraufgeführt.
www.dogan-akhanli.de

Gerrit Wustmann, *1982 de Köln'de doğdu, oryantalistik, politoloji ve tarih okudu, o zamandan beri serbest gazeteci ve editör olarak çalışıyor; »Istanbul Bootleg« onun Istanbul şiirlerinin ikinci bandıdır, birinci band 2011 de »Beyoğlu Blues« (Fixporty Yayınevi, Hamburg) adı altında yayınlandı; »Burası Iran! Alman dili bölgelerinde iran şiirleri« (Bremen, 2011) antolojisinin yayıncısıdır; şiirleri türkçeye, farsçaya, italyancaya ve ingilizceye tercüme edilmiştir.
www.gerrit-wustmann.de

Miray Atlı 1988 yılında Leer'de doğdu. 2007 yılından beri Köln'de yaşıyor ve Köln Üniversitesinde Almanca Dili ve Edebiyatı ve Felsefe okudu. 2009 yılından beri serbest gazeteci olarak radyoda çalışıyor.

Doğan Akhanlı 1957'de Türkiye'de doğdu. 1980 askeri darvesinden sonra gizlendi. Doğan Akhanlı 1985-1978 arası Istanbuldaki askeri cezaevinde siyasi suçlu olarak yattı. 1991'de Almanya'ya kaçtı ve burada siyasi mülteci olarak kabul edildi. 1998'de Türkiye tarafından vatandaşlıktan çıkarıldı. 2001 tarihinde alman vatandaşlığını aldı. 1990 senelerin ortasından beri yazar olarak Köln'de yaşamaktadır. Şimdiye kadar almanca olarak ilk defa romanı »Kıyamet Günü Yargıçları« yayınlandı. 2012 yılında tiyatro parçası »Anne'nin Sessizliği« prömiyeri Berlin'de gerçekleşti.
www.dogan-akhanli.de

Inhalt